別忘記

文／珍·古德溫　　圖／安娜·沃克　　譯／謝靜雯

獻給我的孩子以及全世界——珍‧古德溫

獻給Scott、Olive、Joseph和Sam，送上滿滿的愛——安娜‧沃克

文／珍‧古德溫　圖／安娜‧沃克　譯／謝靜雯

主編／胡琇雅　執行編輯／倪瑞廷　美術編輯／蘇怡方

董事長／趙政岷　總編輯／梁芳春

出版者／時報文化出版企業股份有限公司

　　　　108019台北市和平西路三段240號七樓

發行專線／(02) 2306-6842

讀者服務專線／0800-231-705、(02) 2304-7103

讀者服務傳真／(02) 2304-6858

郵撥／1934-4724時報文化出版公司

信箱／10899臺北華江橋郵局第99信箱

統一編號／01405937

copyright © 2022 by China Times Publi shing Company

時報悅讀網／www.readingtimes.com.tw

法律顧問／理律法律事務所　陳長文律師、李念祖律師

Printed in Taiwan

初版一刷／2022年06月17日

初版二刷／2024年03月28日

版權所有 翻印必究(若有破損，請寄回更換)

採環保大豆油墨印製

別忘記鋪好你的床，
別忘記穿上合腳的襪子。

別忘記刷牙，

別忘記回家作業！

別ㄅㄧㄝˊ忘ㄨㄤˋ記ㄐㄧˋ你ㄋㄧˇ的ㄉㄜ˙外ㄨㄞˋ套ㄊㄠˋ。

別ㄅㄧㄝˊ忘ㄨㄤˋ記ㄐㄧˋ要ㄧㄠˋ當ㄉㄤ心ㄒㄧㄣ！

別忘記露出笑容，

別忘記行有餘力
要向人伸出援手。

別忘記嘗試新事物，

別_{ㄅㄧㄝ}忘_{ㄨㄤ}記_{ㄐㄧ}聞_{ㄨㄣ}聞_{ㄨㄣ}花_{ㄏㄨㄚ}香_{ㄒㄧㄤ}，

別忘記眺望大海，
別忘記傾聽樹木
唱的歌。

別忘記保持好奇，

別忘記要勇敢，
別忘記分享。

別忘記，
有時候獨處也很好。

別忘記發揮想像力，

別忘記感受每個季節。

別_{ㄅㄧㄝˊ}忘_{ㄨㄤˋ}記_{ㄐㄧˋ}關_{ㄍㄨㄢ}懷_{ㄏㄨㄞˊ}，

別忘記玩要，

別忘記奔跑、歡笑，

別_{ㄅㄧㄝ}忘_{ㄨㄤ}記_{ㄐㄧ}哭_{ㄎㄨ}泣_{ㄑㄧ}。

別忘記歡慶，

別忘記夢想，

別_{ㄅㄧㄝˊ}忘_{ㄨㄤˋ}記_{ㄐㄧˋ}擁_{ㄩㄥ}抱_{ㄅㄠˋ}。

別忘記你的家。

別忘記親吻道別。

別忘記有人愛著你。

別忘記所有特別的時光。

別忘記懷抱希望。

別忘記那些我們
可以合力達成的事。

別忘記人生很漫長
而你並不孤單，

別忘記你很堅強，

別忘記你歸屬的地方。